语文教材选篇作家作品
深度阅读系列

国际儿童读物联盟（IBBY）原主席
张明舟／主编

吴／然／抒／情／美／文

秋姑娘的请柬

吴然 著

语文教材
选篇作家
吴然

浙江教育出版社·杭州

主编的话

阅读是有力量的

阅读是有力量的，特别是课外阅读。这一点我有切身体会。44 年前，我还是黑龙江省一个偏远小山村里的一名 9 岁学童。一个偶然的机会，我用捡拾垃圾换来的 2 角 8 分钱，买到了一本故事书——《小种子旅行记》。这本书讲述了一粒小种子立志到地角天边旅行的故事。书中描绘的大好河山和扣人心弦的故事情节深深地吸引了我，正是从这本书开始，我对阅读产生了浓厚的兴趣。由于条件所限，除了经常要到学期结束才能拿到手的语文课本，那时候我能找到的书很少很少。于是我尝试着阅读糊在泥墙上的旧报纸，不懂的地方就问爸爸、哥哥，因此认识了不少字，也了解了小山村外的许多新鲜事物。我对走出小山村，到地角天边去看看的愿望越来越强烈，学习的动力也越来越足。后来，哥哥给我买了《成语词典》等书籍，我被先贤们的外交智慧所折服，悄悄萌生了长大后做外交官的梦想。后来我才意识到，大量的阅读已经使我拥有了强大的自学能力，我越来越发现课外阅读是对课内学习的重要补充，甚至很大程度上弥补了乡村学校教学条件和教师教学水平的不足。一直在小山村读书，缺乏自信心的我，竟然以全县第一名的成绩考入高中，后来又以优异的成绩考入上海外国语大学，毕业后被外交部录用，成了一名职业外交官。2002 年开始，我积极参与国际儿童读物联盟（IBBY）工作，支持该国际组织在世界各地的公益项目，并推动其与其他国际组织建立合作关系。2018 年，我当选该国际组织主席，成为改革开放以来为数不多的在国际组织担任最高领导人的中国人。在与各国同行交流的过程中，我发现很多人都是因为少年儿童时期的阅读，而养成了良好的阅读和学习习惯并受益终身。

优秀的儿童读物应是既有趣又有营养的。有效率的阅读，更应该是精读和泛读的结合。统编语文教材在知识点的准确性上，特别是在语言和文学两方面综合评估上，对每一篇入选文章都进行了反复考证，体现了编写团队的专业水平和集体智慧。这套“语文教材选篇作家作品深度阅读系列”的每一位作者，都是统编语文教材的选篇作家。翻开孩子们每天相伴的语文课本，就能找到他们的名字。这些作家的作品，囊括了小说、散文、童话、诗歌、科普文章等各种文学体裁。

入选教材的作品都是精品中的精品，然而受课本容量所限，有些文章在收入教材时，篇幅不得不做了删减，在这套书里读者可以找到原作全文；有些课文，其实是系列作品的局部，在这套书里可以找到它的上下文和前后故事；还有些课文，作者著有多篇同体裁、同类型的作品，可以作为课外拓展阅读。学生通过对语文课文的精读，和对语文教材选篇作家系列作品的泛读——对照阅读、大量阅读，既可以更深入地理解课文内容，又可以感受其作品的独特魅力，培养更加敏锐的感受力和表达能力。

当然，除了学生自主阅读，这套书还可以和语文课堂教学配合使用。教师在讲解某一篇课文时，这套书可以作为“资料库”，丰富和拓展课堂教学内容。

让孩子们在课堂上和学习之余，在合适的时间与合适的图书相遇，引导他们从阅读中收获无穷乐趣、吸收无限养分，学会阅读，爱上阅读，成为终身的阅读者和学习者，是这套“语文教材选篇作家作品深度阅读系列”的出版目的，也是出版社和数十位教材选篇作家的共同心愿。

张明舟

2021 年 11 月 30 日于北京

目录

秋姑娘的请柬

秋姑娘发来了请柬——

一片金黄的银杏叶；

一枚经霜的红枫；

一枝在山崖上和蝴蝶说悄悄话的紫菊；

一朵因为擦拭了蓝天而微笑的白云；

天边的云霞，溪流里的石子；

果园的甜蜜，谷粒的饱满，空气的清芬……

呵，妈妈，我们一起到秋姑娘家去做客吧！

我们去登山，去和蓝天对话。

我们去写生，去采集色彩，采集成熟的喜悦。

或者我们去采一束野花的艳丽，捧一捧阳光的芳香。

我们去吧，妈妈。你看，脸蛋红扑扑的秋姑娘，已经准备好一年一次的宴席。可别辜负了她的美意，妈妈。

珍珠雨

“下雨了！下雨了！”

小鸟飞过河岸和水塘，飞过绿色的稻田，飞过草滩，飞到村后的树林里去了。它向朋友们报告下雨的喜悦，报告一个快乐的节日。

淡蓝色的、温暖的夏雨，紧跟着小鸟的飞翔，笼罩了河面和水塘，笼罩了田野，笼罩了我们的山村和村后的树林。

一片雨的歌唱，万物都在倾听……

“雨停了！雨停了！”

小鸟从一道彩虹里飞出来。

天多明净。遍地阳光，珍珠般，一颗颗，挂在草叶上，挂在花瓣上，挂在柳条上，挂在一匹刚从雨里撒欢回来的小红马身上，挂在房檐口上……哦，下了一场太阳雨，下了一场珍珠雨！

蜜蜂说："金盏花、牛眼菊、山玉兰更香了。"

小马驹、小牛犊和小山羊说："奶浆草、狗尾巴草、三叶草更嫩了。"

草莓说："还有我，更甜了！"

绿草地

妈妈说，从前这里是一片绿草地。三叶草和铁线草铺成的草地，茸茸的，一大片……

呵，妈妈，还有小花朵，还有蒲公英、绒球花、雏菊和丁香，是吗？有一回你告诉我，月光花像一盏小灯，亮亮的，它照着花朵们做游戏。真的吗？妈妈，真的有一朵蒲公英飞到丁香花旁边，说了一阵悄悄话，丁香花的脸就红了吗？

孩子，是真的，从前，这里有一片绿草地。要是夏天的傍晚，那才好玩呢！许多爷爷和奶奶，许多年轻的

爸爸和妈妈，他们带孩子来草地上玩耍。有个小姑娘，她喜欢在草地上奔跑。跌倒了，可一点也不疼。她跑着，笑声开成遍地的花朵……

呵，妈妈，那个小姑娘是你吗？她长大了就成了我的妈妈，是吗？妈妈，你说呀，别把我搂得那么紧。

妈妈把我搂得好紧。我听到了妈妈的心跳。妈妈你说从前这里是一片绿草地……妈妈，夜里我会梦到三叶草和蒲公英吗？我会梦到我在草地上奔跑吗？

春天的拜访

吱吱、喳喳，学着小鸟的鸣叫，学着小鸟的歌唱。

春天，我们走进树林。

去拜访野花，去拜访草叶上的雨滴，去拜访新发的嫩芽，去拜访小鸟。

一切都是那么新鲜，包括我们自己。

姑娘们采了多少野花呵，美丽的花冠，把她们打扮成林中公主。

我们不但喜欢采花，我们还喜欢小鸟。

这片芬芳的树林，住着许多小鸟。

有杜鹃和画眉，还有布谷鸟……

鸟儿们在这里捉虫，在这里唱歌。用歌声，用飞翔，它们传递友谊，传递树叶和花朵的悄悄话，传递树林里的故事。

看见我们，鸟儿们还有些害怕。它们飞到高高的树枝上，躲藏起来。

哦，朋友们，你们错了。我们已经不是淘气包，我们不会再捕捉你们了。

看我们带来了什么！

草编的鸟巢！木制的小屋！

喜欢这些礼物吗？盼望你们多下蛋，多孵育鸟宝宝。

快来看看你们的新居吧！鸟巢编得多么精细，又柔软又暖和。

木制的小屋来自童话王国。吱吱、喳喳，我们和小鸟声声呼应。

小天使

沐浴过太阳雨，沐浴过月亮雨，也沐浴过星星雨。

艺术家的汉白玉雕，和平的小天使！

你和鸽子在一起。和今年[1]在一起，和明年在一起，和后年、和永远在一起。

和妈妈的摇篮曲在一起，和学校的钟声，和幼儿园孩子手里的苹果在一起。

洁白、晶莹与温润。

---

① 本文写于 1986 年，该年为国际和平年。

雕塑在公园的花香里，雕塑在唱着太阳、月亮和星星的江流边。

你和百灵鸟歌唱雨后的光明、雨后的彩虹；

你和翅翼透明的蜻蜓赞美花朵的芬芳与甜蜜。

你甚至和小白兔去拔萝卜，去树林里拾蘑菇；你还和中学生去参加兴趣小组，去参加在海边举行的营火晚会……

呵，和平小天使！

白云向你问好。鱼、虾和明净的沙滩，向你问好。大象、猴子、小鹿、熊和狐狸，它们在森林的浓荫里，向你问好。

山村用雄鸡的啼唱、用炊烟的淡蓝，城市用鲜绿的草地、用高楼和彩旗、用街灯的明亮，向你问好。而在晨光里蹦跳的小学生，用书包里的快乐和秘密，向你问好。

向你问好，和平小天使！

阳光，你好

你的翅膀，在花瓣上抖动，扇来花朵的芳香。

乌云遮住了你，你化为雨丝，飘落大地。

你在雨后，凝集成饱满的水珠，从绿叶上滴落下来。

夜里，满天星斗，那是你请星星们，传达你对大地的问候。

梦里，你只看了我一眼，这就够了，你给我明亮的温暖。

弯弯的彩虹

春天来了。下了一场雨，又下了一场雨。

山坡绿了，河滩绿了，村道两旁的柳树也绿了。杜鹃花开了，油菜花开了，蒲公英开了，还有雪白的梨花和粉红的桃花也开了！哟，春雨洒过，大地变得多么新鲜、多么美丽！

这时，天空现出一道彩虹，一道弯弯的彩虹！

蜜蜂飞着；蝴蝶飞着；鸟儿鸣叫着；小牛犊、小马驹、小山羊欢蹦着；一台红色的拖拉机，突突突吐着烟朵，开到彩虹里去了……

呵，弯弯的彩虹，是太阳献给大地的花环吗？

村里的塔

你知道我们村里有一座塔吗？

它是那样的高大，那样的古老。灰白色的塔身，有许多脱落的斑痕，还有青苔的图案。漂亮的宝顶，在太阳下闪射紫色的光芒。

我们喜欢在塔下玩耍。

这时候，塔上的风铃在响，叮当，叮当。

这时候，光滑的砖缝里，飞出小鸟美丽的翅膀。

种水珠

我知道夜里下过雨了，你看，雨水给我留下了一串水珠，就挂在妈妈平常晾衣服的铁丝上。亮晶晶的，多好看！

我想，这串水珠一定是送给我的。可我站上小方凳，手才轻轻碰了一下铁丝，水珠们一闪，全都跳到地面去了。

哟，水珠们是种到地里去了吧！地上能长出小草，长出小树，长出小花朵、小蘑菇，也能长出亮晶晶的水珠吗？

哦，我把水珠种到地里去了！

云娃娃

快看，快看，深蓝的天空，飘浮着一朵云：不是一般的云，它是一个又白又胖的娃娃，一个可爱的云娃娃！

它是那样的白，白得像雪团一样。它比雪团蓬松，比雪团轻柔。

它是那样的胖，短粗的手臂，短粗的腿，都胖得圆圆的，起皱皱了。好一个水亮亮的、瓷器一般的胖弟弟啊！

在深蓝的天空，美丽的云娃娃，可爱的胖弟弟，你在干啥呀？

在洗澡呢！你看他坐在一只橡皮船似的澡盆里，在身上抹了多少肥皂泡啊！他舞着小手，踢着胖腿，好玩极了。

我好像听到了云娃娃的笑声。我好像听到了云娃娃哗啦哗啦的玩水声。云娃娃，快别调皮了，小心把澡盆弄翻了。

我一直看着云娃娃，看着他玩得多么自在。几分钟以后，我看见云娃娃升起小白帆，向深蓝的大海飘去了，飘去了。

白帆兜满了风，橡皮船似的澡盆，驶进大海，消失在大海里了！

美丽的云娃娃，可爱的胖弟弟，哟，你什么时候再来呢？

街树

你站在街道的两旁。冬天，你落了叶，好让阳光明亮地照在地上。而在夏天，你枝叶交叠，组成绿色的甬道，把浓荫铺在街面上。阳光在你的树顶闪亮，枝叶筛下的光斑像洁白的月光花，开放在浓荫的“草坪”。

你喜欢人们走在你的树荫里，你给人们阴凉。踏着你的树荫，我们去上学；放学的时候，你同样用浓荫护送我们回家。啊，绿色的街树，浓荫的母亲！我知道你是爱我们的。当我们从儿童书店出来，在你的树荫下念一个童话的时候，你轻轻飘下一片树叶，落在我们

的书上。我们仰起脸看你，哟，你也在看我们，用你枝叶间摇闪的阳光！而当我们扬着小红旗、举着小喇叭，和民警叔叔维护交通秩序的时候；当我们扶着盲人、扶着老奶奶走过马路的时候；或者当我们拾起地上的烟头、纸屑或果皮，把它们扔进清洁箱的时候，你是那样深情地用阴凉抚触我们的脸蛋、我们的肩膀！

啊！我们城市的街树！那天，我们带上去年的记录本，带上皮尺，来测量你的腰围。在我们惊喜地叫喊着你又长粗了的时候，我仿佛听到你同样惊喜地说："你们也长高了，孩子们！"

这棵树

我收到一张彩照，在画面上占据了很大空间的是一棵大树。以树为背景照相的中年人，是我年少时期的朋友，我的中学同学。他是一位生物学家，一位博士，是他给我寄的照片。

这棵树看上去像银杏，又像枫树或苦楝子树。它的树干粗壮，苍劲有力，崩裂出铠甲般的褶皱。大大小小的疤痕，是装饰它躯干的勋章。屈曲的枝干伸展开去，举着几团浓重的绿云。让人惊叹的是，它居然长在一块刚刚露出地面的石头上，不对，它是破石而出！这

是一种不可思议的奇迹。无可争辩的事实是，一颗种子落在了这里，落在了勉强有点儿湿润的石缝里。然后它发芽了，怀着长成一棵树的梦想发芽了，唱着一支生命的壮歌发芽了，它最终撑开巨石的挤压，长成一棵伟壮的大树了！面对这棵树，每个少年朋友都可以想象出它的顽强，它的坚忍不拔；想象它经受过的打击和磨难，以及它所挺过的风暴。是的，少年朋友，你尽可驰骋着自己的想象。

而我却久久看着我少年时代的朋友，我的中学同学。他在信上问我：这棵树是怎样从石缝里长出来的，又是怎样硬把这个不小的石缝给撑开了？我笑起来，对他说：你就是这棵树呀，博士，我还要问你呢！

孩子和小鸟

那个孩子

那个孩子，常常出现在阳台上，自从他放飞了那只小鸟。

是爸爸给他买的，据说花了许多钱。许多死的钱，买了一个活的生命，一只小鸟。

淡蓝色的小鸟，住进了紫红色的精致的鸟笼，住进了孩子飞翔的梦。

孩子拿饭粒喂它，逗它，哄它，给它讲从妈妈那里听来的鸟儿的故事，然后，请小鸟唱歌。可是，小鸟不高兴，没精神，不吃饭粒，也不唱歌。耐不住孩子的央求，它扇了扇翅膀，多么美丽的翅膀！

好多天了，总这样。

孩子觉得，小鸟瘦了。发亮的淡蓝色羽毛，失去了光泽，变暗了，扇翅膀的力气小了，还有许多羽毛，花瓣一样掉落下来。

孩子为小鸟难过了。

“假如我是小鸟，我也不住在鸟笼里。”——孩子想起有一次他病了，在家里待了好多天。不能到太阳下和小伙伴们玩耍，不能在风里唱，在细细的雨丝里跳，那是多么难过的日子！现在，小鸟过着难过的日子啊！它一定在想那遥远的森林天堂，同伴的歌唱，美丽的小溪……

孩子终于打开了鸟笼。

于是，那个孩子常常出现在阳台上。是希望那只小鸟飞回来，还是幻想阳台上那朵花、那片叶，变成了他的小鸟？

那只小鸟

朋友，我怎能忘记你可爱的小脸、娇嫩的小手？怎能忘记你湿润的眼睛，和你安慰我的声音？我更忘不了，你怎样不顾大人的责骂，不怕那只向你举起来的大手，打开了囚禁我的笼子，打开了隔离我和天空的那道门！

我回到了森林，我的第一支歌是唱给你的，你是最好的人！

我来看过你，我从你的窗前飞过。只是我不敢停留，我怕那只假装睡觉的老猫。我常来看你，我知道你就要上一年级了，我还知道你牵着一位盲人过街道，你扶起一个跌倒的小姑娘，你用花手帕给她擦眼泪……

哦，还记得有一次，你在阳台上怎样惊喜地叫喊吗？你发现花盆里多了一棵碧绿的小苗。你和爸爸移栽了它。它长大了，开花了，一朵淡蓝的小花！呵，那是我衔来的种子呢，那是一株“鸟花”，淡蓝的花朵就是我呀，一只淡蓝的小鸟！

对了，我想告诉你，捉虫大奖赛，我夺得了金牌；在上周末的百鸟音乐会上，我的歌声终于感动了我喜欢的“姑娘”，我们结婚了。

呵，现在我们比翼双飞，从很远的地方来看你了！最好的朋友，你不祝福我们吗？

我和乌丽娜

乌丽娜是我的同学，还是我的同桌。她是个德国小姑娘。

乌丽娜是和爸爸妈妈一块儿来丽江的。她的爸爸妈妈都是研究“东巴文化”的学者。乌丽娜很小的时候，爸爸妈妈就请人教她说中国话，认中国字，就是为了有一天带她到丽江来。

你说怪不怪，全世界的女孩都喜欢逛街。乌丽娜也是，而且在丽江只喜欢逛古城。

丽江古城有上千年的历史了。古城依山建房，错落有致。就连最热闹的四方街，也只有巴掌大点。方方的一个场院，据说是照着“知府大印”的形状建成的。“这不就是一个大大的‘象形字’吗？”乌丽娜一边叫，一边拉着我往四方街跑……

乌丽娜还想出一个怪招，“和小琴，”她对我说，“咱们去数一数古城的桥，是不是真的有354座？”

“哈，你不相信？”

“不，不是的，我们就数数玩玩嘛……”乌丽娜撒起娇来。

“好吧，”我说，“本姑娘就‘舍命陪君子’了！”

都说是水给丽江带来了美丽。水，清亮的水，从玉龙雪山流下来，从黑龙潭冒出来，到了古城呢，分成东、西、中三岔，穿行在街街巷巷，倒映着白墙、灰瓦，倒映着绛红或者暗黄的雕花格子门窗和门上的大红对联，倒映着在水边浣洗衣物的鲜艳的纳西姑娘……乌丽娜穿一身纳西姑娘的衣装，映照着流水，特别好看。

古城的桥有大有小；有木板桥、石板桥；有木拱桥、石拱桥；有单孔的、双孔的，也有多孔的。桥栏上的雕刻，有东巴象形文的吉祥语，有东巴神舞，还有各种鸟兽花木。乌丽娜看一座，赞美一座，在小本子上记下一座。有时候我们流连在水边，看着丝线似的青苔，柔柔地随着水波摇摆；有时候，我们静静地听流水说话，听从水边宅院里传来的纳西古乐。

“噫，”乌丽娜叫了起来，碧清的沟水，从一家的墙洞里流进去了！“大母（大妈），”乌丽娜居然说起纳西话来了，“酷里阿肋（可以进来吗）？”一位大妈笑眯眯地迎着我们说：“他（可以）！”庭院里种满了花木，一只大公鸡高傲地啼叫起来，几只母鸡带着一窝小鸡，在花木下安详地觅食。水流在院子里流转，又沿着墙根，从另一个石砌的墙洞流了出去。乌丽娜没有忘记让我为她和大妈合影留念。她抱着大妈亲了一下，说：“谢谢，怒冷丢色（给您添麻烦啦）！”

就这样，我们整整跑了一天，总算把古城的桥数了一遍。傍晚，乌丽娜“哎哟哟”地叫着说：“实在走不动了！”拉我坐在一眼小石桥上歇脚，吃“丽江粑粑”。我们掏出小本本，对照一看，“呀，怎么只有353座？”乌丽娜和我大眼瞪小眼，惊诧得差点把粑粑掉在地上。

“哈哈哈……”乌丽娜突然大笑大跳起来，“还有一座就在你脚下呀！”

我捶了一下小石桥，咬了一大口又酥脆又香甜的粑粑。

……

一年以后，乌丽娜和爸爸妈妈回德国去了。

一天晚上，我一边看着《丽江古城》邮票，一边给乌丽娜写信。我要把邮票寄给乌丽娜。窗外是月光下的古城。月光在水波上跳跃，在浮游着淡紫淡蓝夜气的石桥上、瓦屋上跳跃。整座古城流溢着月光的香味。乌丽娜，你在做什么呢？你在想我吗？你嗅到丽江古城月光的香味了吗？

秋天，在美丽的西山

秋天，我和一群中学生到昆明西山进行了一次愉快的旅行，在欢歌笑语中，度过了丰富多彩的两天。

太华山气象站

阳光明媚，空气清新，秋天的野菊花开了一山：红的、黄的、白的、紫的……还有忘了时令的迎春花、白杜鹃、皮袋香也来凑热闹！女同学们一边爬山，一边采花，登上西山的最高峰——太华山时，双手就抱了五光十色的一捧。

太华山上有个气象站，它已经有五十多年的历史了。那高耸入云的铁塔是干什么用的？那房顶般的大圆球是什么？那装在房顶上不停旋转的“小杯子”又是什么……同学们心里一下子有了一千个问题！

在百叶箱前，在风向仪下，同学们围着气象站的叔叔，一边听，一边看，在特意带来的小本子上，记下了“降雨量”“雾”“风力”“风向”等有趣的气象知识，比在教室里上课丰富多了！

营火晚会

从太华山下来，为了晚上的营火晚会，每个人都捡了好多好多枯树枝。当星星在天上闪闪烁烁，邀请大家出来玩的时候，营火烧起来了！

天越黑，火越亮，营火也越美丽！柴多火大，火焰有几丈高，火星飞溅，就像喷射不完的节日礼花。在手风琴的伴奏下，同学们跳起舞来。大伙儿拍着手，又唱，又笑。

营火旁，辅导员老师朗诵了散文诗《脚印》。它把

同学们带到了遥远的过去，一双深陷在矿洞泥泞里的小小的脚印，也深深地刻在同学们天真的心灵里：“我们懂了，辅导员老师，今天的幸福来之不易！”有趣的是《猴子》这首讽刺诗。一只“近视”而又不懂得使用“眼镜”的滑稽的猴子，使大家在嬉笑中得到这样的启示：没有知识的人，就像把眼镜挂在脚上的猴子！同学们笑了，熊熊燃烧的营火也笑了。

美人山看日出

一大早，我们就登上美人山，等着看日出。空气很新鲜，有点冷。滇池披着一层朦朦胧胧的轻纱。日出前的云，千变万化，像山峰，像海涛，像开满鲜花的大草原。先是一派橘黄，再是一片金红，接着，耀眼的波纹渐渐扩大，渐渐向天边伸展，伸展……在静寂中，传来一阵鸟儿的叫声，“吱吱”“啾啾”，非常好听。男同学们吹口哨，学鸟叫。

突然，天边亮了起来。“太阳！”“太阳！”大家欢呼着，跳跃着。一只海鸥掠过太阳的光影，接着围绕着太阳飞了几圈，才向更高的五彩缤纷的天空飞去。太阳很快在滇池里找到了自己的笑影。滇池金光耀眼，像盛满阳光的聚宝盆！同学们看得入了迷，好像要把看到的美景细致地染在心头……迎着初升的太阳，每个人心里都在亲切地呼喊："祖国啊，家乡啊，您好！"

学爸爸

妈妈下班回来了。一进门，不由得叫了起来："这是干啥呀？"

房间里，被拆坏了的玩具飞机、洒水车、坦克……丢了一地，还有扳手呀，钳子呀，小榔头呀。

妈妈被眼前的情景弄糊涂了，多好的飞机弄坏了，翅膀却安在洒水车上！

可干了这"坏事"的人躲到哪儿去了呢？

妈妈生气了，大声喊着："小刚！小刚！"

"妈妈，妈妈！"小刚在楼梯上答应着，"我来啦！"

妈妈回头一看，儿子小刚端着一盆水，泼泼洒洒上楼来了。一身的灰，满脸的汗，简直成了个脏娃娃。

“你这是干啥？”妈妈生气地看着儿子。

“妈妈，我学爸爸呀！”

小刚放下盆子，高兴得像小鸟似的。他拉着妈妈的手说：“您忘了，星期天爸爸在家，不是也把机器又拆又装吗？您看，地上还有爸爸画的杠杠呢！”

“憨儿子，”妈妈说，“爸爸那是在搞技术革新呀！”

“我也是呀，妈妈！您看，我要给洒水车安上飞机翅膀，让它飞上天去洒水，哪里需要就飞到哪里，像下雨一样……”

妈妈笑了，抱起小刚，在他的脸上亲了一下，说：“那你先洗个脸吧，未来的发明家！”

姐姐的蜡笔

姐姐当了三好学生，奖品里有盒“熊猫”牌蜡笔。十二支鲜艳的蜡笔呀，就像十二枚彩色的炮弹，小勇看着实在眼馋。

小勇爱画画。这天他画了一架大飞机。他要染成彩色的。他想，彩色的大飞机飞在天上，那才叫美丽！

他向姐姐借蜡笔。

“姐姐，蜡笔借我用用。”

“你要蜡笔干吗？”

“染飞机！”

“染飞机，飞机有彩色的吗？”

“我喜欢彩色的呀！”

“不借！”

看，姐姐多稀奇。

小勇想了想，又问姐姐：

“干吗不借呀？”

“这是奖品，又不是妈妈买的。”

“好，你不借……”小勇想哭了，眼泪花直打转，“等我长大了，也戴红领巾，也当三好学生，也得蜡笔！不，我要当四好学生……”

“四好？”姐姐“扑哧”一声笑了。

“是四好，偏是四好！”小勇越说声音越大了，“我们要团吉（结）幼（友）爱，谁向我借蜡笔我都借，都借！”

姐姐脸红了，就像蜡笔染的一样。

树春爷爷

梨花村的所有人都敬重树春爷爷。他已经很老了，有一大把花白胡子。

老人们说，树春爷爷很小的时候就成了孤儿。

村里的老人们聚在祠堂里，对着祖宗牌位做了个决定：让小树春在梨花村的怀里长大。

小树春成了全村每一家的孩子。

从村头族长赵堂家开始，他每个月轮流在梨花村人家吃饭。

他家有一大院空房子。

院子的一角，有一口清亮的水井；

水井旁的大梨树，每年结的宝珠梨，又大又甜。

小树春一个人不敢住。他在哪家吃饭，就住在哪家。

每年从中秋到重阳，树春约了小伙伴，提着大竹篮，一家一家地送梨。

轮到在山果家吃饭那年，他到了上学的年纪。

山果的妈妈给他缝了套新衣服，缝了个新书包。

树春和山果，哥儿俩一同上学了。

那时，梨花村里没有学校。

学校在梨花湖对岸的村子里。

梨花村的孩子上学，要坐船。

梨花村有一条渡船，专门送孩子们上学，接孩子们回家。

负责接送孩子们的船工，就是山果的阿爸。

山果约着树春，和同村的伙伴，在梨花湖上，风里来，雨里去，来来回回，走了三年。

有一天，梨花村家家户户做了重阳糕，酿了桂花酒。因为这一天是九月九，是敬老爱亲的日子。树春是梨花村每家每户的亲人，各家都要找小树春来家过节。等找他时，却发现，小树春不见了。

山果和孩子们急哭了。山果的阿爸急得直敲船上的大铜锣。

学校老师学生都急了，喊着“树春，树春”，找遍了每一个角落，喊哑了嗓子，怎么也找不到树春。

回到村里，孩子们哭成一片，全村人哭成一片，树春不见了。

难道树春跑了？

为什么呢？是他厌学吗？可他一直是班里成绩最好的学生呢！

妇女们到庙里磕头祷告。

老人们聚在祠堂里焚香商议。

最后，全村人跟随山果，忧心忡忡地来到树春家空置的大院。

缀满枝头的梨果，迎接人们的到来。

大院被收拾得干干净净，门窗擦拭得一尘不染。

山果在供桌上看到一纸信文。

工整又稚气的毛笔字写道：

敬爱的父老乡亲：

养育深恩，无以回报，特献出家宅，为兴建梨花村小学校之永远使用，以解吾村学子上学之难。一位陈先生愿来吾村任教，吾家之地亩，任由陈先生选作学田，充为先生薪酬和学生资费，其余归全村所有。切切此意，万望允准！

我自今日起，外出学艺，居无定所，各位父老乡亲不必劳烦牵挂寻找。

梨花村赵树春泣拜立字

老人们感慨唏嘘，老泪滴在纸页上。

不久，按照树春的愿望，梨花村小学开学了。

梨花开了又谢，梨果熟了就摘。一年又一年，村小的学生毕业了一届又一届。

可是，没有树春一点儿音讯。

这年的秋天，重阳节就要到了。

村里的妇女们忙着酿桂花酒，又上山采野菊花来做菊花糕……梨花村小学组织登山比赛时，孩子们又见到山果爷爷在插茱萸，边插茱萸边吟诗：

独在异乡为异客，每逢佳节倍思亲。
遥知兄弟登高处，遍插茱萸少一人。

就在这时，一位满脸风霜的老人，由一个小伙子扶着下了船，出现在梨花村的村口。

老人抱住粗壮的老梨树痛哭。

小伙子放下挑着的两只木箱，劝慰着老人。

老人的哭声摇着梨树，惊动了梨花村。

“树春爷爷，树春爷爷……”

树春爷爷回来的消息，轰动了梨花村。

山果爷爷一把抱住他。

孩子们围着他。

山果爷爷说：“孩子们，快喊‘爷爷’！”

一片“爷爷”的叫声，让树春爷爷激动得白胡子乱抖。

到了山果爷爷家，树春爷爷把小伙子拉到身边，向大家介绍说：“这是我徒弟的儿子赵荣。”

赵荣腼腆地向大家鞠躬。

树春爷爷说：“我这几十年，都是当木匠，做木雕……梨花村学校的门窗早该修修换换了……”

赵荣打开两只木箱，原来是两箱木匠工具。

山果爷爷说：“学校的门窗都修换过了。大家商议，你回来房子还是要给你，可是没有你的音讯呀！”

树春爷爷一听说要把房子还给他，急了，说：“我有字据，房子永远给学校使用。”

“县里想要你的字据做文物，我们不给，存放在一个樟木盒里，供在祠堂里呢！”山果爷爷说，“可你也得有个住处啊！”

“那不用急，我都想好了，就在当年我俩栽的那棵梨树旁，盖间小木屋就行了……走，带我去看学校！”

树春爷爷来到学校，正在为重阳节排节目的同学们，简直就像看传说中的仙人一样，把树春爷爷围了起来。

树春爷爷小时候是孤儿，可他现在却有这么多的孩子！

他从挎包里拿出当年山果的妈妈给他缝的书包，拿出一本民国时期的课本，拿出当年离家时从院子里那棵梨树下捧走的一包泥土，声音颤颤地说：“来，孩子们，把这包土，撒到梨树下……”

河滩上

村前的小河，又活泼又快乐。它唱着歌，从很远很远的山上走来。在拐弯的地方，它放慢了脚步，淤积出一片宽宽的河滩。

太阳淡淡地照耀着。河滩上长满了熟地草、狗尾巴草和奶浆草。红的小花、黄的小花和白的小花，开在草丛间，一摇一闪的。蝴蝶从这朵花飞到那朵花，说了许多悄悄话。蜜蜂奔劳着，阳光从草叶上、从花瓣上溅起来。

有几匹马在低头吃草，打着响鼻。小马驹钻在母

马胯下，仰着脖子吃奶。牛铃叮叮，吃草的黄牛悠闲地甩着尾巴；有的抬着头，把青草反刍到嘴里重新回味，心情很好地看着远处的山、树和天上的云。羊群咩咩叫着，放羊狗跑来跑去。云雀的歌声从天上洒下来。蚂蚁忙着搬家。螳螂和瓢虫约好了在草叶上晒太阳。

这时候，传来了响亮的笑声和吵闹声。一群放牛娃叫着、笑着、跳着，小河里飞溅着银亮的水花！

两只小熊

阿爹是位受人尊敬的护林员。他穿一身我们布朗族朴素的衣装：青色的无领对襟短上衣，黑色的阔裆肥管长裤，走起路来，刷刷刷甩着一阵风。

阿爹当过猎人。后来，阿爹不打猎了，他还要看管好眼前这片热带雨林，不准偷猎，也不准肆意砍伐。

一到星期天，阿爹喊一声“扎温”，我就跟着阿爹去巡山护林。嗨，有一次我和阿爹还救了两只小熊呢！

那是去年，我上四年级不久。当时，我和阿爹正在观察哨吃午饭。你说这观察哨在什么地方？就搭建在两棵望天树之间，从下面看上去，观察哨就像一只鸟窝。我和阿爹简直是坐在森林的顶上！阿爹说，有一次，他看见一群大象从下面走过，树冠摇成波浪一样。我正想问阿爹我们会不会遇到大象？猎狗巴黑突然汪汪汪大叫起来。我抓起望远镜四处搜索，除了发现几只猴子，什么也没看见。阿爹把望远镜拿过去，说："不好，梭罗江上有两只小熊！""哈，小熊？让我看看。"从望远镜里，我也看见两只小熊了，它们紧紧抱住一根树筒子，在江水里一起一落……

救小熊的过程就不说了，何况这是谁都会做的事。我和阿爹把小熊带回家来了。

同学们都来看小熊，岩扎英、拉诺还拿了些香蕉、蜂蜜来给小熊吃。可是小熊胆子小得很，躲在竹楼下的角落里，缩成一小团。大概实在饿不住了，它们才开始吃甜稀饭，吃得一脸都糊满稀饭。过了几天，小哥俩就不怕生了。我给它们取了名字：哥哥叫努卡，弟弟叫努尔。"记住，你叫努卡。"我对个头大点的哥哥说，又对个头小点的弟弟说："你叫努尔，以后我要点名，还要教你们认字和数数。"

没想到小熊会那样聪明！没多久，它们居然记住了自己的名字。不过，我没有教会它们认字和数数，我们只是在一起疯玩。“努卡，过来！”努卡听话地跑过来，“坐下，”努卡用小鼻子嗅着嗅着，一屁股坐在地上。努尔也想坐下去，“不，努尔，”我说，“你站在努卡旁边，我们玩照相。”努尔就规规矩矩站着，一只手还搭在努卡肩上。“注意啦，好，好，笑一笑——”我用手比着，“咔嚓咔嚓”两下，大功告成。我和小哥俩就大翻跟斗，在院子里滚作一团。

努卡和努尔的最佳表现，是几乎认得我所有的同学，对我们李老师，更是像小学生一样有礼貌。它们一到学校里，你听那一片叫声——“努卡！”“努尔！”又是递皮球，又是拿果子，有的干脆让它们背上书包当小学生。努卡和努尔忙得团团转，玩皮球，玩跷跷板，还和同学摔跤！小哥俩有一身蛮力，又是摔跤能手，有一次努卡把最会摔跤的嘎崩都摔倒了！小熊长大了，我们竟然没有想过小熊会长大！

小熊长大了，麻烦事也来了。我家院子的竹篱笆，哪里还关得住它们！努卡一个跨栏动作就跳过去了，努尔两手一拉，扒开一个洞，钻得很麻利。满寨子的鸡一见它俩就逃命。它俩合伙咬死了岩扎英家的小猪，回来的时候，满嘴鲜红。阿爹说：“不行，得把它们送回大森林了。”

那天我一进家就喊努卡和努尔，一点声音也没有。阿妈说是阿爹把它们带走了。看看它们的窝，看看它们和我玩耍的院子空空的了，我喊着努卡和努尔哭了起来。很晚很晚了，阿爹才回到家。阿爹的脸色很难看。我从来没有见他这样疲乏过。喝了一阵闷酒，阿爹就去睡了。他肯定也舍不得送走小熊。

大约过了七八天。一天夜里，我还在做作业，突然听到一阵熟悉的叫声，我跳起来跑下竹楼，两团黑影跳进院子，是努卡和努尔！它们抱着我，带刺的舌头舔得我的脸和手生疼。只几天时间，它们就瘦了。

努卡和努尔只在家里住了两天，自然保护区的人就来了。这次它们是坐汽车走的。一年了，我都上五年级了，小哥俩还没有回来过。可能它们在自然保护区很开心，也可能路太远太远，它们找不着回来的路了。我一直想，我要真的有一台照相机，把小哥俩照下来该多好！

小巷

夜里下过雨，小巷的青石板是潮湿的，在晨光的映照下，幽幽地发亮。走在小巷里，不知从谁家的院子里飘来一股栀子花的清香，不觉放慢了脚步，让栀子花那嫩白的花瓣在想象中织成错错落落的花团……

昆明的小巷，在大街和高楼后面。静静的，一种质朴的安详。鸽子从来不飞到新建的高楼去。它们喜欢小巷的老屋。瓦楞上和屋脊上，常常有鸽子起飞或停落。燕子更是只往小巷的寻常百姓家飞转，它们的叫声是对小巷的祝福。到了冬天，紫色的叶子花仍然堆在小巷的墙头。阳光很亮。有花木的院子虽说拥挤，总被老人们收拾得干干净净。青而蓝的铺地砖很厚，墙根湿湿润润，永远长着一溜深绿的青苔。从庭院里伸出墙头的花枝，雨天会落下许多花瓣在水光莹莹的巷里。假使这时正好有位姑娘走过，斜斜地打着雨伞，轻轻地提着裙幅，你会想到戴望舒的《雨巷》么？

听说汪曾祺那年回到昆明，下了车就去寻他当年住过的小巷。谁知留给他的是一条宽敞的马路。他颇多感慨，说那角落里曾经有个马店。

是的，马店曾经在昆明占据很重要的位置。

旧时，云南交通闭塞，进入昆明的物资，大多靠人担马驮。有条小巷叫“扁担巷”，就因挑扁担的苦力而得其名。至于马帮哐啷哐啷的铃声，则在昆明的大街小巷响了好几个世纪。大约是十岁左右吧，我从乡下来到昆明。偏街小巷那些汪先生说的马店，很叫我这个山村少年惊诧和亲切。铺砌着青绿色薄石板的院子里，摆满了马驮子。油亮的火腿、腊肉，大碗的烧酒，给我的印象实在深。记得那时有部电影《山间铃响马帮来》，许多镜头就选自昆明郊外古老的驿路。马帮的铃声和驳杂的蹄印以及马店，从昆明的小巷里消失于何时，记不得了。也许那时我正好离开昆明，到另一个仍然有马帮有马店的滇西小城去了。

小巷曲曲折折，似乎印记着城市的历史。石板路磨得又光又亮，现出美丽的花纹，历史却变得朦胧模糊。小巷的种种故事与逸闻，大概也只残存于尘封的典籍或老辈人悠远的记忆中了。偶尔在巷口，看见老人指着墙上蓝底白字的巷名，给小孙女讲着遥远的过去和回答着小孙女的“为什么”，你会有怎样的感动呢？

自然，小巷用不着那么沉重。放学的小姑娘，书包往墙根一放，跳起橡皮筋来，脸红红的。“四五六，四五七”，她们的歌唱，使那个在认真抄黑板报的戴眼镜的退休老会计，好几次写错了字。很少有汽车开进小巷。小巷并不寂寞。看足球比赛那晚上，家家的电视机都很响。“甜白酒——”“旧衣裳换鸡蛋——”“水豆腐——”“有酒瓶拉罐、破铜烂铁找来卖——”“打酱油——”“冬蜂蜜——”小贩的叫卖声此起彼伏，巷头叫到巷尾，来来回回。孩子们总是最先知道爆米花的来了。排着队，手指头含在嘴里，就等那声爆响的快乐。夜深了，巷口羊肉汤锅炉火正红，烧豆腐的香味，久久不散。

有一次登高楼鸟瞰市容。惊异于小巷的逼仄，小巷里房屋的矮小。可是层层叠叠密密麻麻，显示出一种壮观。分明是一幢幢高楼的基座呢！

村里的打铁铺

你们村里有打铁铺吗？我们乌蒙大山中的这座小山村，是有打铁铺的。

村东头那棵大槐树下，顺着祠堂的边墙搭的那间偏厦房，就是我们村的打铁铺。它破旧，烟火把它熏烤得焦黑焦黑的。它和旁边的祠堂、大槐树一样古老，和村里那口很深的水井一样古老。奶奶说，有我们村子的时候，就有这间打铁铺了；爷爷却说，是有了打铁铺，才有我们这个村子的。

哦，奶奶和爷爷是不是说，我们的山村是和这间打铁铺紧紧相连的呢？是的，一定是紧紧相连的。村民们不是用它打的镰刀割草，用它打的斧头砍柴吗？不是用它打的锄头挖沟，用它打的犁铧耕地吗？不是用它打的钢钎撬石头、铺路、修水坝吗？我们学校旗杆上的滑轮，不也是它打的吗？牛车木轮上的铁箍、马蹄上的铁掌，不也是它打的吗？哟，哪一家的锅铲、菜刀，甚至门锁不是出自村里的打铁铺呢？就是一颗钉子，就是我们找猪草的小铁铲，也是打铁铺打出来的呀！

前两年，我们的树春爷爷——村里最有名的打铁匠去世了。接下铁锤的，是树春爷爷的孙子阿明叔。二三十岁，一张快活的娃娃脸。这就难怪我们爱到打铁铺去看他打铁了，甚至把帮他拉拉风箱，当作是最高的奖赏。呵，呵，风箱呼啸着，炭火燃烧着，蓝里透红的火苗闪耀着……

忽地，阿明叔夹出一团火、一团光，把他厚实的围裙、脸庞、臂膀，映得通红。阿明叔敞着怀，汗湿的胸脯起伏着。他抡起铁锤，身子向前一倾，好像把巨石投进水里一样，猛地一砸，火星迸溅，明亮的光照，把他的影子投射到打铁铺的角落，投射到打铁铺外边的槐树上。铁锤起落，时而轰然地响，时而叮当地唱。阿明叔脑门上滚满汗珠，灿烂火光中，他脸庞红亮，汗珠红亮，臂膀上隆起的块块肌肉，也是红润的！

一件铁具在铁锤的敲打下诞生了，热烈地诞生了，快乐地诞生了……阿明叔舀了一瓢水，叉着腰咕噜咕噜猛喝。天晓得为什么，他竟“扑哧”一声又咳又笑，水花喷洒在滚烫的铁砧上。这一下我们可乐了，一拥而上，撒野地争抢铁锤、火钳，甚至乱拉风箱，而阿明叔是绝不骂人的，他一任我们欢乐。

呵，让我告诉你我在夜里看到的情景。

那是在夏天，有一次妈妈带着我从外婆家回来。天已经黑了，我们走在山间小路上，翻过山垭口，就看见村里的金黄的灯火，温暖地从窗子里透出来，从门缝里透出来。一蓬红光，一蓬红光在闪耀！“打铁铺！打铁铺！”我叫喊着挣脱妈妈的手。我从来没有见过我们村的打铁铺在夜里是这样的美丽！它明亮鲜红如同玫瑰花，开在村里无数金黄灯光的花丛中。

红光把一个巨大的影子投射到天空。我们的阿明叔，简直变成传说中的神人了。他的身影多么高大，挥动铁锤的臂膀多么有力呀！他好像不是在锻造一般的铁件，而是在锻造整座大山！啊，我不会忘记，妈妈是怎样紧紧地搂着我，站在山垭口的松树下，久久地看着我们的山村，看着我们村里的打铁铺……

哦，你们村里也有打铁铺吗？

今晚我们住喜洲

我问老爸今晚我们住哪儿？老爸说住喜洲。

这是初夏的傍晚。太阳的余晖，从苍山上散射下来，给喜洲小镇打上金红的底色。高高矮矮的白墙、黄墙，大片大片的灰瓦、红瓦，还有绿的菜地，绿的树以及跑动的车，走动的人、马、牛和狗，全都闪着金属的光泽，熠熠生辉！我大为惊奇。

让我非常非常惊奇的，还有村头的两棵大青树，也就是白族供奉的风水树。听说一棵是公的，一棵是母的。两棵树都是一样繁茂、壮实，我无法分辨它们的性别。圆弧形的树冠，一直闪耀着亮亮的金绿色。太阳落山了，它们才稳重地穿起墨绿的衣装。这时候，从洱海边，从池塘和水沟边，飞来一大群白鹭鸶，围着大树盘旋、鸣叫，颤颤悠悠地落在树顶上。两棵大树，两棵慈爱的大树轻轻地摇晃起来，举着满树洁白的鸟儿，洁白的花朵，轻轻地摇晃起来，摇晃起来……摇得我少年的心痒酥酥地激动！

就这样，我和老爸老妈，还有一些叔叔阿姨，来到了喜洲小镇。

喜洲的特点就在眼前，两个字：古典。喜洲人把这两个字写成一院一院的白族民居。这些民居现在被当作文物保护起来。人们来喜洲就是来看这些文物。喜洲民居集中了白族建筑的精华，是一座白族民居博物馆。据说这种叫作“三坊一照壁”“四合五天井”的气势非凡的宅院，在喜洲就有八十多座！

我不懂建筑，老爸老妈也只会赞叹。我在四边都连通的“走马转角楼”的楼板上，哐哐哐地跑来跑去；老妈却从圆的或方的雕花窗棂伸出头来，像当年的房东大小姐一样，笑嘻嘻地让老爸照相。这种庭院，由三间两层的房屋和照壁围成，正中的堂屋比两边的房屋高；最奇妙的是，主房和边房相交处，各有一个露出蓝天的“漏角天井”，组成一大一小的三个院落，这就叫“三坊一照壁”了。“四合五天井”呢，四个天井（院子）是由四间房屋组成的，中间的天井最大，每两房相交也各有一个漏角天井，共四个，加起来正好是“四合五天井”。我想一定是白族非常喜欢小娃娃，好让他们玩躲猫猫，才盖出有这么多小天井的房子吧？

还有，喜洲民居最讲究门楼、照壁、门窗和山墙的装饰。青山石砌的大门基座，门楼飞檐翘角，层层镂刻精雕，精心彩绘，富丽堂皇。大门总安排在院子的一角，绝不正对堂屋。正对堂屋的是一堵粉墙，也就是“照壁”。照壁大多砌成一高两低，又是挑檐飞角，又是青瓦盖顶，正中或大书一个“福”字，或镶嵌大理石画屏，四周勾画出或方或圆，或是扇形的图案。门窗采用名贵的云木、乌木，雕刻“金鸡富贵”“喜上眉梢”“麒麟呈祥”等民间图案。山墙用白灰粉刷，再画上云纹、如意纹、莲花纹。用老爸的话说，这些宅院，“每一幢都是古朴典雅的图画般的美学组合”。

我们这个大院进，那个大院出，向我们打开的每一扇格子门和雕花窗棂，连同镶在地上、墙上的石板青砖，都是被岁月涂上灵光的艺术品！有的门窗，油漆和金粉虽然脱落了，也掩不住昔日的光彩，掩不住人们对它的昔日辉煌的想象。更让我惊奇的是，我们参观的“严家院”以及我们住了一晚的“董家院”，与“三坊一照壁”“四合五天井”相连，还建了雅致的西式小楼：洁白的大理石圆柱、半圆形露台、瓶形栏杆、百叶窗、抽水马桶等，应有尽有。宅院的主人，想必都是见过世面的人物。导游小姐说他们都是大商人。她说，喜洲出了许多大商人。有名有姓的就有一百四十多人。民间有这样的谚语：“马走铃响，喜洲富商。”说的是当年喜洲的大商人们，把生意做到了外省，也做到了外国。马帮的铃声一响，白花花的银子就驮回来了。接着，一幢一幢的“民居”就盖起来。再后来，这些民居都成了重点保护的文物。

喜洲的夜晚是美丽的、生动的，也是安静的。淡黄的、乳白的、浅蓝的、微红微紫的各色灯光，从那些雕花门窗映射出来，晶莹剔透，奇美无比。我们住的“董家院”，现在叫“田庄宾馆”。它是一位叫董澄农的先生在 1942 年建的，后来捐献给了政府。喜洲这些有名的深宅大院，建的时间都不长，大多在 20 世纪的三四十年代。董家院高大宽敞，住的客人并不多，空气潮湿，像要下雨，花木静静地长着、开着。老实说，我一个人是不敢上那些“漏角天井”里去的。钻在被窝里，我想起我们进村时喜洲小镇那金属般的闪亮，想起一公一母的风水树上，停留了多少洁白的鸟儿……听着窗外夏虫的弹唱，我又禁不住想，这宅院原先的主人家，现在在哪里呢？

葛根会

你吃过葛根吗？味道是那样的朴素，苦凉中有一种粉粉的甜。

你还听说过葛根的节日吗？那是在大理，一个叫“文笔村”的白族小村子，每年的正月初五，也就是过年那几天，村里都要举办“葛根会”。不是葛根们在一起开会，是四村八寨的人到这里来卖葛根、买葛根、吃葛根，一个名副其实的“葛根节”。这个有趣的节日，据说远在唐朝就兴起了，和“文笔村”的村名一样古老，已经有一千多年的历史。

白族是一个崇尚文化的民族。他们称宝塔为“文笔”，是一支直指蓝天、用风云书写“天书”的巨笔。从唐代就站到今天而且还要永远站下去的有名的崇圣寺三塔，被尊称为“三文笔”。这是白族乡民神圣的祈祝，祈祝苍洱之间人杰地灵，文采焕然。大概也就在三塔站立起来的那天吧，诞生了一个新的小村庄：文笔村。文笔村自然是很有翰墨书香气象的。那些悬挂着“进士”牌匾的人家，每年总是细细地把金粉大字描上一遍。此外还有一样远近闻名，那就是葛根。

葛根会这一天，是文笔村快乐的日子。松枝搭的牌坊，散发着浓郁的清香，山茶花和杜鹃花在松枝间笑红了山村的脸蛋。白族小伙子鼓着腮帮吹奏唢呐，姑娘们跳起欢乐的“霸王鞭”。吉祥与喜庆，迎接四面八方的客人。

家家都贴着大红对联，贴着门神关公、张飞、赵子龙、秦叔宝、钟馗，贴着“天地国亲师位”。暗绿与鲜绿的青苔，装饰着卵石垒砌的院墙，清清的泉水顺着墙根流淌。苍山的雪光，洱海的波光，映照得文笔村像银子一样闪着光芒！

肥胖的葛根，有的贴着红纸，有的扎着红布，置放在家家门口，摆满了一条条石板小巷。

我在一位老人家的葛根面前停下来。粗粗的一筒葛根，捆在长板凳上，盖着一方湿布。板凳下放一小桶清水。老人和善，粗短的花白头发，手背上青筋毕露，寿斑点点。老人系一块蓝布围腰，旱烟锅别在腰间，持一把宽宽的大片刀，骑坐在板凳上，把有着一圈一圈褐色纹路的葛根细细地切得很薄，在小水桶里蘸一下，装在塑料袋里，连同他温和的笑影，一起递给我……

也不知道为什么文笔村的葛根这么嫩，这么苦凉又这么甜。是不是大唐的工匠和南诏（唐朝时期大理的地方政权）的工匠，他们在建造三塔的时候，一同栽种了这些葛根？还是生长在苍山下洱海边的葛根，给他们解过渴，也给他们治过病？而柔软的藤茎，还为他们编过筐、拧过绳，坚韧的茎皮为他们织过布、做过衣？于是，他们建的塔雄伟壮丽屹立千年，成为白族心中的“文笔”！于是，这里的葛根是这样的嫩，这样的苦凉又这样的甜！

一定是这样了。你看一张写着“大唐葛根”的红纸，吸引了许多人。我也挤了进去。门庭古旧，六角形青砖的门墙上，镶嵌着典雅的大理石画屏。红纸下，一位白族大妈和一个穿着扎染对襟衣裳的白族小伙子，正忙着切葛根。小伙子说，他家祖上是建造三塔的大唐工匠，三塔建成，工匠老祖在大理上门成家，墙院角落就有一棵葛根。“这祖传下来的葛根，可不就是‘大唐葛根’嘛！”不用小伙子说，人们已经纷纷掏钱品尝浸在葛根里的大唐风味了。

在一眼水井边，我碰到从西安来的女孩杨萍。趁春节放长假，她和爸爸妈妈跑到大理来玩。我是在古城拍照时和她认识的。她说：“嗨，帮忙按一下！”我接过相机，为他们一家子一连拍了好几张，她一再地说谢谢，并且告诉我她的名字，告诉我她已经在读初三了。我也把我的学校告诉了她。在热热闹闹的“葛根会”上，我们居然又碰到了。

“嗨——”杨萍摇着手里的红塑料袋向我打招呼，我也举着手里的葛根回应她。“来，”杨萍兴奋地说，“尝尝我的‘大唐葛根’！”“好呀，你就尝我的‘南诏葛根’吧！”我们交换吃着彼此的葛根。杨萍问我知不知道西安的小雁塔，我说知道，小雁塔和三塔的主塔，它们都是唐代之物呢。我们抬眼看着高耸的三塔，而在低头的当儿，我们都看见了井水里年少的影子……旅游团队的小黄旗，把杨萍召唤走了。走到转弯处，她突然回过头，向我摇着红塑料袋说：“嗨，我会给你写信的……”石板小巷，把杨萍的话放大了好几倍，久久地伴着葛根苦凉的甜味。

冬夜

昆明的冬天，昼夜温差很大。白天多是蓝天白云，许多人家把被子抱出来晒太阳。到了晚间，气温猝然下降，有时竟降到零度以下，无异于北方的冬夜。昆明人喜欢早睡，拥着晒足了太阳的被子。

你和我都有在夜间涂涂写写的癖好，这夜间的清冷，各自都有些体会。你告诉我，书桌下放块木板或是毡子，脚在上面不易受寒，寒气总是先从脚下往上钻。我照着做了，果真暖和得多。可是你的书桌下一样也没有放，你就不冷吗？

我们俩不抽烟。这很好。我们爱茶。在冬夜，一杯热茶是不能少的。我泡了一杯。茶是上好的云雾茶，你从西双版纳带回来的。捧茶杯暖手的当儿，先欣赏一番绣球花似的茶沫丝丝碎响，翻卷旋转的茶叶慢慢沉落。轻轻吹开茶沫呷一口，且不说苦涩的茶味里透着怎样的嫩香，只说那酽酽的热劲如何驱散了寒气，就该在茶杯上挂个“名优”的奖牌了。至于作为茶炊不可或缺的烧水的茶壶，自然是功不可没。何况这把铜茶壶又是我们两家结伴同游丽江的纪念。

那是一想起来就会使冬夜发烫的 8 月，滇西北最可爱的季节。趁孩子们放暑假，我们两家相约经大理去丽江。我们常为一些外地朋友惋惜。他们到云南来，只想着去石林去西双版纳去大理。既然已经到了大理，为什么不去玉龙雪山下的丽江看看呢？这块创造了东巴文化的土地，这座古老的纳西名城，有小巷、石桥。被称作“玉泉”的黑龙潭的泉水，带着云影，带着玉龙雪山的雪光，穿街过巷，流遍全城。柔柳拂着水面，花草的香气也含有水泉之味。门上那些倒映在水中的对联，被洗衣的纳西妇女，和着笑声，搅成片片红影。一派小桥流水人家情味。而猛然抬头，玉龙雪山拖云带雾，银光闪闪的，似乎正从头顶上压过来，那气势又绝非江南小城可比了。当孩子们和他们的妈妈，终于抵挡不住流水的诱惑，手拉手走进溪流里的时候，你和我为他们抱着衣服拎着鞋子，相视一笑里，有多少欣慰，多少感慨。我们为自己的妻儿祝福，还在旅途中，就又开始酝酿下一次的出游了。

还记得一阵夏雨过后，翠文路小街的光彩吗？美丽的彩色条石铺砌的街面，被雨水冲洗得光洁莹莹。从水在条石上滴出的深窝，你和我读出小街的古老。不禁遥想300多年前，徐霞客常常往返于这条丽江小街。你模仿徐霞客酒饮微醺、扶月而归的情态，一直让我忍俊不禁。

我们正是在说说笑笑中，来到古城的中心，来到四方街的吧。方方的一个场院，据说是模拟“知府大印”的形状而建。西藏、青海的藏族民众，广东、福建的客商，还有老外，就在这“大印”上谈生意做买卖，熙熙攘攘。穿行在皮货、药材、藏刀、酥油、茶和剑川木雕之间，你和我喜欢那些金黄的、银白的丽江铜器。最后挑中了铜茶壶。肚大，扁圆，全凭手工打制而成。茶壶普通，拙朴而美。你和我各买了一把，我的小点，你的稍大，就像我的兄长似的。

哦，此刻小巷里那盏斜对着我窗口的路灯，绿蓝的光已被冻成一团。昆明的冬天是这样的黑白分明，夜里又冷得这样的有棱有角。你窗前的银杏树落叶了吧？在那间逼仄的书房里，你在看书还是写字？你手里正和我一样握着一杯热茶，一杯用铜茶壶烧的热茶吧？温厚的笑从你细眯着的潮湿的眼里溢出来，你是想起了我们两家结伴去丽江的愉快吗？我感到阳光向我走来。是你笔下的阳光吗？

温暖正弥漫了冬夜，弥漫了我的书桌呢。

蒙自印象

下午五点到蒙自，我对这座滇南小城一下子喜欢起来。

据说蒙自因山而得名，县城西的坝子边缘，耸立着一座高山，“山之腰形状类兽，耸翠如麟”，又称麒麟山。其巍峨也，“百里外举目则见”，故又称目则山。“目则”乃少数民族语译音，“汉语讹传为蒙自”，早在元代就这么称呼了。

抗日战争期间，西南联大曾在蒙自建立文学院和法商学院（简称文法学院），冯友兰、闻一多、朱自清等三十多位名教授执教于此。爸爸的一位到过蒙自的老友告诉我，蒙自有个类似西湖而比西湖小的公园，叫南湖。园内有“崧岛”“军山”“三山”，说是挖湖堆积而成。还有“闻一多先生纪念亭”，上书冰心所题“斯人宛在”。

我读过朱自清先生写的《蒙自杂记》，开头的一段写道：

“蒙自小得好，人少得好。看惯了大城的人，见了蒙自的城圈儿会觉得像玩具似的，正像坐惯了普通火车的人，乍踏上个碧石小火车，会觉得像玩具似的。但是住下来，就渐渐觉得有意思。

“城里只有一条大街，不消几趟就走熟了。书店、文具店、点心店、电筒店，差不多闭了眼可以找到门儿。城外的名胜去处，南湖，湖里有崧岛、军山、三山公园，一下午便可走遍，怪省力的。不论城里城外，在路上走，有时候会看不见一个人。整个天地仿佛是自己的，自我扩展到无穷远，无穷大。这让我想起了台州和白马湖，在那两处住的时候，也有这种静味。”

半个多世纪过去，朱先生笔下的蒙自的静味，已不复存在了！人多了，房子多了，街道也多了。但是从一些院子里有缅桂花的香味飘出来，小城毕竟是小城。这个季节，也不太热，舒适怡人。

我找的旅馆是个小院落，一丛芭蕉，大片的叶子如同孙悟空借的“芭蕉扇”，一棵石榴树正开了红的花，青石板的石缝间，土是潮湿的，墙脚边有绿茸茸的小草。热水冷水尽管用，一位穿蓝布衣裳的大妈时时都笑眯眯的，很和气。知道我是第一次到蒙自，她就给我讲蒙自好吃的东西和好玩的去处。好玩的去处是南湖，好吃的东西首推“过桥米线”。

一进入云南，哪怕是偏僻小县，也总有过桥米线。招牌往往直书“正宗蒙自过桥米线”，但据知情者言，此等“正宗”实为假冒，真正正宗的，应该到蒙自去，蒙自才是过桥米线的发源地。是的，到了蒙自，别的可以不去管它，过桥米线是一定要吃的。

出门之前，大妈给我讲了关于过桥米线的传说。

说的是南湖中有个小岛，岛上绿树间掩藏着几间小屋。古代有个书生喜爱这里幽静的环境，便租了下来，在此读书用功。他的妻子每天要从家中来岛上送饭，路远，还要过一座长桥才到岛上。夏天气候炎热，饭菜送到后，还温热适口；一到冬季，天寒风冷，饭菜送到就凉了。他的妻子想了许多办法都没有效果。

有一天，书生的妻子炖了一只肥母鸡，将汤盛出后，她突然感到头晕，就睡了一会儿，等醒来一看，鸡汤竟然还是烫的。她看汤上漂着的鸡油，顿时明白了：鸡油能保温！后来她试着将生鱼片、生肉片和米线放在热鸡汤中，不一会儿就烫熟了，而且鲜嫩可口。从此她就带着布满鸡油的热汤和生冷的鱼、肉、米线，走过长桥，送到岛上，过桥米线因此而得名。这真是一个充满人间情爱的传说！

在大妈的指点下，我到一家铺面不大但热热火火的小吃店吃过桥米线。刚坐下，一位大婶就端上一大碗肉汤。大婶说："别看这汤不冒热气，你千万别忙着喝，它会烫伤你的嘴的。"我一看，原来，汤面上浮着一层浅黄的鸡油，盖住了热气，保持着肉汤的高温。接着一小碟一小碟的佐料送上来了。这些可爱的小瓷碟，我说它们像水彩碟一样，并不是取笑它们的小巧，而是欣赏它们的丰富与多彩。

请看这些小碟儿里盛着怎样的美食！不多，但精致。油黄的鸡脯片、薄如绵纸的透明的脊肉片、暗红的火腿片、绛红的肝片和腰片、粉红的鲤鱼片，还有两枚黄晶晶的鹌鹑蛋！所有这些，除了鸡脯片是熟的，其余都是生的！佐料盘稍大，内容也很多。水灵灵的豌豆尖、韭菜、菠菜、豆腐皮、玉兰片、豆芽，最稀奇的是刚采撷的新鲜的金雀花、槐花、菊花！最后是一小碗滑润润的米线。红的红，绿的绿，白的白，整齐地摆在桌子上，不像水彩碟一样鲜艳、和谐、好看吗？

我欣赏着，拿着筷子不知道怎么办。大婶过来指导我。先将各种生、熟肉片依次放入汤中，用筷子轻轻地拨动，颜色一变就烫熟了。然后再放入各种佐料和米线。我想起在电视上看过的日本茶道，觉得吃过桥米线的整个过程也是一种艺术的操作和享受。在依次而行、有条不紊的运作中，把品尝美味和欣赏艺术结合起来了。肉片是那样的鲜香，豌豆尖是那样的甜嫩，长长的米线是那样的滑润，而金雀花、槐花和菊花的清芬，则融化在整整一碗肉汤中，融化在整个美味的品尝中了！我吃得满头大汗，浑身舒服。得感谢古代那位聪明贤惠的大嫂，竟发明了如此美妙的吃米线的方式！

从小吃店出来，小城中心华灯齐放。有的商店已经打烊关门，但街上人还是不少，出租车和脚踏三轮车都在招揽生意。从舞厅传来柔曼的舞曲，街头卡拉OK虽然热闹，却大大走腔走调。冷饮店、小吃摊生意正好，可惜我已经吃不下了。回到旅馆，向大婶道了声好，称赞了一番过桥米线，洗漱后，径自上楼。推窗而坐，打开日记本。

凉风徐来，花香幽幽。有一家的婴孩哭了几声，哄住了。楼下院子里，旅店大婶在和客人说话。有人从小巷的青石板上走过，踢踏踢踏的脚步声由远而近，又由近而远。不知谁家的公鸡居然情不自禁地“喔喔喔”叫了几声。听不到车声。有个小姑娘吵着要吃花生糖，大概是她的奶奶哄她说，卖花生糖的回家睡觉了，小姑娘撒娇地说：“哄我，哄我……”一声火车悠长的细细的鸣笛，仿佛来自遥远的山林。

燕子洞与汽锅鸡

从蒙自去石屏，我坐的米轨小火车。之所以安排这一段路坐火车，实际是以白天坐车弥补从开远到河口那一段夜间坐车什么也看不见之缺憾。可惜这个想法也太天真了。两条路是两种风光，这里有“人字桥”吗？这里有与列车并行忽左忽右的浩浩之江——红河吗？那是无法弥补了。

还是简单说说这段路吧。小火车固然是永远在摇晃，但沿途并不险峻，几无高山大岭。自蒙自始，经雨过铺、鸡街，都很平缓。火车有站必停，上上下下，很慢，特别是爬坡的时候，有人开玩笑说，你下车，再扒上车都来得及。

车上多沿途乡民，向一位慢慢品着茶的老伯请教沿途之景，老伯一听就笑了，说："你可错过了，燕子洞就在近旁，可火车不经过呀！"我忙问老伯："燕子洞能与阿庐古洞、白龙洞相比吗？"老伯说："各有千秋，一洞不同一洞，不能互比的！"接着老伯给我讲燕子洞的特色是燕子。巨大的天然溶洞分为干洞和水洞，一左一右，一上一下，一深一浅，一干一湿。上洞干爽如大厅，可容数千人，下洞为水洞，从上洞往下看，如临深渊，有溪流奔涌，水声喧腾。就在这钟乳倒悬的洞中，成千上万的岩燕在这里，生儿育女。从早到晚，群燕翻飞，如万箭穿梭，鸣声不绝，非常壮观。

更叫人惊叹的是每年七八月间，燕子洞举办"燕窝节"，许多采燕窝的高手，徒手攀缘悬岩，在钟乳石间"飞来飞去"，像摘果子一样采取燕窝，下面是百米深塘，上面是钟乳悬垂，采窝人有如做空中飞人表演，惊险奇绝！老伯见我心醉入迷，哈哈一笑说："云南好山好水，哪能一次游完，留下遗憾你才会时时想着下次弥补呢！"说话间已经到了建水车站，遂与在此下车的老伯告别。

火车在建水停车时间很长，乘客纷纷下车上街吃饭、买水果。如此悠闲的行程，难怪“云南十八怪”里有“汽车比火车快”这一怪了。吃了一碗建水饵丝，我也到街上逛逛。见商店里有一种形如扁鼓的陶瓷，绛红色，不知是什么，请店主取下观赏。

店主说，这是建水特产“汽锅”，用来蒸“三七汽锅鸡”的。细看这种汽锅，外形如肚大而扁之皮鼓，又如紫红亮丽的荸荠，锅中心有一根空心管子，从锅底通至上边盖子附近。店主说，妙就妙在这空心管子。蒸鸡时，鸡肉放入汽锅内，再加姜块、三七、虫草等药材佐料，然后盖上盖子，把汽锅放在一只盛满水的汤锅上。水沸后，汤锅中的蒸汽便从锅底的空心管子内冲入汽锅，遇锅盖相阻而反入锅内，成为鸡汤。

店主人对汽锅鸡的鲜美赞不绝口，说许多人家都备有汽锅，逢年过节或招待客人，端上桌面是一道别有风味的佳肴。我无口福享受，却对汽锅的造型颇为喜爱，摩挲良久，还给店主。

建水人引以为豪的还有据说是全国第二大（当然是云南最大）的一座孔庙，全庙占地一百多亩，有一殿、二庑、二堂、五祠、八坊，气势宏伟。庙宇中，古木参天，庄严肃穆。有两株共生树，一为柏树，一为榕树，数百年风雨，它们紧紧相拥而生，被人们戏称为“万将军抱白小姐”。我怕误了上车时间，没有去参观，但从高楼大厦间的旧房庭院，依然可以看到那里建筑精巧，学风很盛，不愧享有“滇南邹鲁”之称。告别建水登上火车，发现车上乘客少了大半，原来很多人都在建水下车了。小火车拉响汽笛，缓缓启动，接着摇晃加剧，直奔石屏而去。

牛

在我的老家滇东北，牛是很普通、很普遍的家畜。只是我们的山村贫寒，这必不可少的耕牛也不是家家都有。我家那头牛已经老了，一村人都叫它老青牛。它的背脊上布满硬结的青色的痂痕，那是它年轻时经历一次火灾留下的“纪念”。老青牛受到人们敬重的英雄壮举，是它救过我小叔的命。

说是冬日的一个黄昏。当时也不过十来岁的小叔，牵着老青牛去“走田埂”。那些年，我们村子周围都是树林，有狼，有豹子。大人是不准小孩子单独上山、单独下地的。小叔牵着老青牛走到村外。收完庄稼的田野空荡荡的。入冬了，草黄了，枯了，要找水嫩的青草，非常难。小叔和老青牛走了好多路，才在一片小松林旁边找到一塘青草。老青牛好高兴呢，它低头吃草，脖子上的铃铛叮当叮当地响。一层淡紫的光晕浮在它的背脊上、肩头上。阳光在一对弯角上一闪一闪地亮。几只粉白的蝴蝶，前后左右，飞飞，停停。"刷，刷，刷"，老青牛吃草的声音多么好听。嫩草的清香和牛身上的气息，温暖了冬日的黄昏。小叔的影子映在老青牛湿润的宝蓝色的眼睛里。

突然，老青牛喷着响鼻，前蹄刨地，尾巴紧紧地夹在胯下。小叔不知道发生了什么事情，走上前去牵它，它不理小叔，固执地横着脖子，更大声地喷着响鼻，喘着粗气。小叔抬头看见一只满身花斑的野物。"豹子！"小叔这一惊吓不得了，冷汗瞬间湿透了全身。饿极了的豹子围着老青牛转，老青牛围着小叔转，用整个身子护着小叔。转了一阵，豹子不耐烦了，龇着嘴，想跳过老青牛来抓小叔。老青牛一个旋身，头一扬，双角一甩，从空中把豹子顶翻在高梗子上……

小叔给我讲这个传奇故事的时候，老青牛已经很老了。再精细的草料也不能使它长膘。只见那屁股墩上、大腿上、肩胛上的肉，一天一天在掉在少。背上凸起的脊骨，硬硬的，弓一样隆着。那些疤痕，越来越像龟的硬壳，周围长着稀疏的没有光泽的毛。不论站着还是躺着，它都在打瞌睡，眼角上糊着黄的眼屎。一大堆草放在它面前，它时不时伸出舌头，慵懒地嚼着，眼睛一闭一闭的，嘴角流出白沫。

特别是冬天的傍晚，我赶它去小河边饮水。别的牛又跳又叫，立着尾巴在旷野里兜风，或者在河滩上打架，它却任由寒风吹着竖起来的毛发。看着它发抖，我也打起寒战来。老青牛的确老了，当年的英雄气概，当年的风采，已经被岁月的长鞭驱散。我不知道它会不会做梦，会不会回想往事。它显得很木然，既不寻求快乐，也不感到怎么痛苦。只是再让它耕地拉车已经不可能。把它卖掉吧，无疑就是交给屠夫去更早地结束它的生命。这样的决心对大人来说实在太难下了。

老青牛终于离开我们的这一天，是最叫人难过的。傍晚，爷爷和小叔满身灰土疲惫不堪地回来了，小叔拎着从老青牛脖子上取下的铜铃铛。当小叔把铃铛轻轻挂在堂屋柱子上的时候，一家人没有一点声响。老青牛永远不会回来了。这是一段非常难熬的日子。特别是我，没有牛可放，你不知道要失去多少快乐！

大凡山村孩子都喜欢放牛吧。放牛的确不失为一桩赏心乐事。有道是："放牛睡扁头，放马跑断胯。"可见放牛是很松闲，不费什么气力的。伙伴们也会为争抢一泡牛粪而打架，更多的是找一些好玩的事情来消磨时光。说到春天掏鸟蛋，秋天采野果、捡菌子，也都和放牛联系着。惊险事也有，打着蛇，追赶野物，等等。

除了各式各样的开心事，最愉快的恐怕就是烧洋芋了。放牛娃们的午饭，永远是几个带着泥土味的洋芋。捡一堆干柴，用火镰打着火引燃一把茅草，干柴很快就着了。风助火势，柴的火焰很高。柴上的洋芋随着火势的减弱塌落下去，最后被灰白的看不见火焰的炭灰埋着烘烤。性急的人，早就用棍子去拨弄那滚热的洋芋，扒出来捧在手上又搓又拍，也不管烫不烫就啃起来，吃得很香。有经验的，一定要等烧足了火候，表面看焦黑焦黑的，往草上或是蓑衣上一擦，黄生生一层硬壳，凑在嘴边吹吹，轻轻一捏，从裂缝里透出一缕若有若无的热气，那香味，啧，别提多馋人了！

吃完火烧洋芋，差不多每张脸都花了。通红的脸颊，满是汗，满是黑灰，眼睛又亮，牙齿又白，到底是山里人。拍拍胀鼓鼓的小肚皮，到水沟里喝饱冷水。于是背上尖屁股背篓，上山抓粪。于是开始为争抢牛粪吵架。于是满山去找牛，吆喝牛。于是赶牛下山，又唱又跳、又吼又叫地回家。于是完成了放牛的"功课"。

没想到，这放牛的乐趣，在买来独角黄牛以后不久，对我来说也就结束了。

独角黄牛是以后叫熟的名字，刚买来的时候，一对粗短锋利的弯角，两把尖刀似的架在头上。这家伙长得雄壮、高大，远远看去会让人疑心是一堵黄红暗紫的岩石。它绝不像老青牛那样温顺，那样乖。那发红的眼睛，那尖刀似的弯角，那身架，威风得叫人害怕。事实上它很快就以好斗出名，并成为常胜将军。它方头方脑的，灰白的眼圈仿佛扩大了的眼睛。脑门一团白毛。脖子短粗，戴着老青牛戴过的大铜铃铛。眼里都是凶光，疾恶如仇似的，随时要寻衅闹事。只要看见牛影子，它就按捺不住前脚刨地，响鼻喷得黄灰直冒。高耸的肩头，胖圆的背脊、屁股，粗壮的大腿，走起路来地都会震。不用说，它犁地是一抵俩的角色。就是好斗的习性无论如何也制服不了。

有一次它拉着犁头，越过几道田埂去打架，把一片庄稼踩得一塌糊涂。还有一次驾着车就冲去迎战，居然得胜回朝，只是那车只剩下两根车辕子了。小叔想教训它，拴在核桃树上打断过无数根荆条。可是“牛打生，马打熟”，除了身上留下伤痕，除了摇落一地的树叶，反倒使这畜生怒血沸腾，发出更强悍、更渴望的吼叫。当村里的牛都臣服于它，再找不到对手的时候，它的目光扫过邻村的牛群，从这个山头跑到另一个山头去“建功立业”。和邻村那头被尊为大王的黑牛的较量，称得上是一场天崩地裂的残酷的战争。简直是两堵墙、两座大山的拼死厮杀。就是在这次激战中它失去了一只威震敌胆的牛角。当它挂着血淋淋的一只角，“哞——哞”两声怒吼，铜浇铁铸般立于高坡之上，看着战败的大王望风而逃的时候，人们似乎才觉察到它为本村赢得了莫大的荣耀而欢呼起来。我对这家伙只有害怕和诅咒，牧放它从来没有感到过快乐。此刻我大胆地走过去，它竟一动不动地让我抚摸它流血的头和粗筋暴跳的脖子。它甚至还伸出潮湿的舌头，舔了舔我的手。我几乎要抱着它用放声大哭来抒发我的感动了。

后来，1951 年的时候，独角黄牛被一户贫农牵走了。一天夜里，又是风又是雨，独角黄牛跑了回来，淋着大雨在天井里乱叫。一家人你看我，我看你，不敢吭声。奶奶说，快去牵它，怪可怜的。小叔刚站起来，就被爷爷一掌推倒在地上。爷爷拎根锄把站在门口，不准家人出去。牛叫一声，爷爷的身子抖一下。独角黄牛离开天井以后，暴雨雷电里还传来它拖得很长的叫声……这之后不久，我离家到外地读书去了。虽说从此再没有和牛打过交道，但是牛的气息似乎浸入了我的肌肤，它的质朴、坚韧、勇猛和忠诚，留给我的印象实在太深。是的，在纷纭杂乱的人世中，我不能不怀念牛，不能不对小时候放牛的乐趣满怀向往之情。由是，那次去边城芒市，许多朋友买的纪念品都是木雕象，我却买了头木雕牛，并且放置在书架上最显眼的地方。

小路通向碧塔海

去碧塔海的路已经修好，沥青路面，光洁平整。旅行车一直可以开到海拔 4000 米的马鞍山垭口，然后你就沿着杉木栈道走吧，一会儿就到湖边了。

可是我不由得怀念起几年前走过的那条小路来，那条通往碧塔海的小路！

汽车只把我们送到硕多冈河边。小路在河对面。河上没有桥。来自雪山的硕多冈河，歌唱着雪山和冰川，哗啦啦，哗啦啦，扬起的浪花带着逼人的寒气。我们每个人手里拿着棍子，是韧性很好的牛筋木，用来当拐杖。我们看着河水面面相觑。向导拉木看看我们，说了声“下河吧”，第一个跳到河里，居然不脱鞋袜，也不挽裤脚，这就奇了。“下呀！”他见我们还站着不动，有点吃惊，脸上的笑容却很生动。这笑容鼓励了我们，心想跟着他不会错。嘣，嘣，嘣，我们都往河里跳。

哎哟哟，冰凉死啦，我们又是叫又是笑，把河水的浪都掀高了。水倒不深，但很急，要不是拉木一把抓住，我险些滑倒了。拉木叫大家一个拉着一个，互相帮衬着，这才上了岸。一看，没路呀，在河对岸看到的一闪一闪的“小路”，其实是一条从老林里流出来的小溪。拉木说，这就是路，朋友们，水路！原来如此，不用脱鞋，也不用挽裤脚，反正是“水路”。拉木显然是对的。在硕多冈河打过“冰冻预防针”，走进小溪流，一点儿不冷，反倒觉得暖和了。

溪流两边都是粗壮的、挺拔的大树。我的知识不够，分不清云杉和冷杉有什么不同。它们同样那么高大、英挺，它们扁细的叶子，如果说有什么细微的差别，恐怕也只有植物学家才能分辨。它们的树身，都穿着得体的深绿或灰绿的青苔的“衣裳”。你说奇妙不奇妙，甚至连绣在它们衣裳上的一朵一朵粉白粉白的图案，都几乎看不出两样，更不要说在它们枝叶上一飘一飘的“树胡子”了。至于红豆杉——这名字多有情味呀，取名字的大概是一位诗人吧？你看它，亭亭玉立，健美如做艺术体操的姑娘。我不知道，它是不是云杉和冷杉的女儿。

白桦树当然也很漂亮，这些“美少年”不像红豆杉那样沉得住气，它们哗啦哗啦笑着，和栎树、枫树讲一些让红豆杉害羞的话。还有松树，箭竹，高山杜鹃，水冬瓜，刺蓬和荆条，等等，种类繁多，葱茏茂密。流水潺潺，空气湿润，交错的树枝树梢，伴有一缕一缕的云雾。被绿色浸染的云雾，泛着淡紫与淡蓝，溪谷里满是丰润的蓝光紫影。

走在这样的溪谷里，你能不想起一些美丽的诗句吗？“隐隐听到溪水，潺潺地流进了林荫，轻轻呼吸的，是叶子上沉睡的微风。”这是普希金的诗句，是少年普希金为皇村中学写的诗句。而此刻，我们正走在他的诗句里，轻轻地呼吸叶子上沉睡的微风，还有醒着的云雾、草木、野花散发的香气。我们时而故意溅起许多水花和笑声，时而又走到草地上，仔细欣赏一朵珍珠花或是点地梅。

阳光从林隙和薄雾中洒下来，给落了枯枝树叶的草地和厚厚的苔藓增添光彩。一点也不张扬的野花静静地开着，菌子从树脚下和草窝里长出来，尾巴毛茸茸的小松鼠蹿来蹿去。自然老朽的大树在一个月夜或是起风的早晨，伴着一场暴雨轰然倒下。它倒在溪流里，倒在草丛间，倒在另一棵年轻的树上……其上的青苔依然保持盎然的绿色，兰草、幼树在它身上萌生新鲜的生命。我们小心地从它身上跨过，挥着手中的棍子，打掉粘着蚊虫翅膀的亮晶晶的蛛网。

这时候，从长满栎树、双盾木、齿叶忍冬灌木丛的灰绿山坡上，传来一阵歌声："松茸哟松茸，你不要躲起来，山神告诉我你躲藏的地方，我闻到了你的芳香……"我们遇到几个采松茸的藏族少年了。我们和他们打招呼，他们跑下来，兴奋地和我们走在一起。少年们的爬山鞋全湿了。他们提着竹篮，一根光滑的木棍，把他们装扮成武士的模样。他们都采到了松茸，有的多点，有的少点。

一个戴着长舌藏帽的少年把他的松茸给我看。土灰的菌柄，胖胖的，粗壮结实；菌顶小而圆，绒帽似的。松茸浑如襁褓中的宝宝，睡得正熟，它怎么知道很快就要成为人们餐桌上的佳肴了呢？我可怜起松茸宝宝来。不过也许它们是喜欢让人采拾的，在山林里，用不了几天它们的生命就会结束，何不让人采走，接受人们的赞美呢？我拿起一朵松茸，凑在鼻子前闻闻，有一股带腥味的新鲜泥土气息。我问少年，一天能拾到多少松茸，他们说，拾松茸的太多了，松茸越来越少，一天能拾到一两窝就算运气好了。和少年分别后，我们都想拾到几朵松茸，可惜山神不告诉我们松茸躲藏的地方，松茸宝宝见我们与其擦身而过，说不定还觉得好笑呢！

你可能以为，我们走在荫凉的林间小路，走在溪水里，一定会有些冷吧？其实才不冷呢。脚和腿且不说，也许倒真是麻木了，身上却实实在在地冒出了细汗。这大概因为林间空气湿度大，汗气不易挥发之故，加之我们是溯流而上，坡不大却要费点脚劲。正觉得有点儿累，迎面吹来一股凉风，又是花香又是草香的，接着眼前豁然一亮，一大片草甸就在我们面前，我们走出原始老林了！

这是怎样的一片草甸！我目测一下，草甸约两公里宽，四五公里长，两边是墨绿的杉树林的剪影，迎面越过马鞍山垭口，银光闪闪的哈巴雪山端坐蓝天。这是怎样的一片草甸！纤纤细草，茸茸的，很整齐，整齐得像刚修剪过，谁修剪的呢，谁有这样伟大的力量呢？当然只有大自然，神奇的大自然了。

整个草甸敞露着，那么亮，仿佛不是太阳照亮了它，倒好像阳光是从一根根细草上长出来的！花呢，红色、黄色、紫色，还有白色、蓝色的花朵，满地都是。它们各自显示自己最原始、最自然的魅力。同样是紫色吧，紫色报春不仅和紫花百合不同，和紫色绿绒蒿、紫色翠雀花、紫色金莲花、紫色马先蒿也不同。或是色泽色调上，或是深浅浓淡上，都不同。譬如紫色绿绒蒿的“紫色”显得雍容华贵，紫得娇嫩，紫得沉稳而宁静；紫花百合呢，那“紫色”像簇簇火苗抖跳着，燃烧着。

更为奇特的是，同样一种花，比如红景天吧，有红色、黄色、淡黄色，等等，花朵的颜色不同，香气也就迥异。我不明白，难道说颜色本身也散发出不同的香味吗？还有，有的花喜欢一起开放，有的则只愿意孤芳自赏，难道花也有自己的个性爱好吗？不知道，真的不知道。一下子面对这么一大片美得让人心跳的草甸，我真不知道该怎么办才好，不知道该怎样欣赏，至于我们要从草甸上走过去，我更是想都不敢想。

又是拉木，又是拉木第一个走上草甸。他告诉我们，要沿着小水沟走，不要去踩“草墩子”，更不能走出水冒泡的地方。原来，草甸里有许多沼泽地，美丽的外表下面，暗藏着不可思议的凶险！

事实上，草甸上的小路并不好走，但是作为一种经验却很有意思，很好玩。走在草甸上，就像走在海绵上似的，软绵绵的，提脚慢了就会陷下去。因为踩得不踏实，提脚反倒费力。一开始图好玩，叽叽叽叽走得蛮得意。不一会儿，腿就软了，提脚很费劲，太阳又没遮没拦地晒着，身上就冒汗了。停是不敢停的，想歇歇气，只能在水沟里找落脚处，站一会儿，要是坐下去，一屁股都是水，不行。然而藏族同胞却有本事赶着马帮走草甸，马帮的铃铛哐啷哐啷响着，居然从草甸上走过去了。

我暗自想，怕也不会那么危险吧？我这样想着，看看冒着一嘟噜一嘟噜黑水的草丛，忍不住一脚就踩下去——哇，我大叫起来，直接陷到大腿！拉木跑过来，叫我不要慌，把棍子递给我，“嗨”的一声，把我给拽了出来。爬山鞋呢，留在稀泥潭里当作纪念了。幸好拉木事先就叫我们多准备了一双鞋子，这下果真派上了用场。意外的惊吓，使大家兴奋起来，那只留在泥潭里的鞋子则成为旅途的笑谈。随后，我们走出了草甸，坐下来歇气、喝水、吃东西，看着草甸，看着被树林掩蔽的小路，不禁豪情满怀，一鼓作气登上马鞍山垭口，说说笑笑，往碧塔海而去……

今天，我们从白水台回来，赶到碧塔海已是夕阳西下。我冲到垭口，俯瞰云霞笼罩的草甸，俯瞰秋色淋漓的树林和远山，怀想那段难忘的美妙的行程，一种少有的激动溢满心间。那只陷在泥潭里的爬山鞋呢，会变成化石吗？

水井

我们村的水井都很深，周围用石头镶嵌。青石井栏，大多为圆形，被粗粗细细的井绳，磨出深深浅浅的印痕。井水滋润了我们的村子。

也有的水井没有井栏，烤酒房旁边那眼井就没井栏，不过，井口也用青石镶成圆形。这眼井的水甜，来打水的人多。庄稼收完以后，村里人还几家聚在一起，用这眼井的水烤酒。打水的人多，又没有井栏，井口边的青石板坑坑洼洼，湿漉漉的，溜滑得很。井又深，又窄。大人生怕小娃娃掉到井里，不管哪家的小娃娃，从来不准到井边打闹玩耍。

可是我妹妹就掉到这口水井里了！

妹妹不是到井边玩耍。那时妹妹只有3岁，比我小9岁。在我和妹妹中间，本来还有两个，没有带活。

那天是赶街天，也是星期天。妈妈叫我去卖煮豌豆，交代我卖2分钱一碗。

这种豌豆还没有熟透，但已经饱满，带壳煮了，很甜。妈妈说，我卖完煮豌豆，给我买一支大楷笔。我一早就背了妈妈现煮好的豌豆，带一只蓝花碗，去5里外的镇上卖豌豆。卖豌豆的人太多，开始都是2分钱一碗，后来有的人卖3分钱两碗，再后来降到1分钱一碗。我不敢降价卖，妈妈交代的，2分钱一碗。到了中午，我还没卖掉一碗，肚子饿了，也不敢吃甜甜的豌豆。想来想去，干脆收摊回家。

回到家，见妈妈端了盆衣服，牵着妹妹正走出来。一听说我没卖掉豌豆，妈妈扯起一根细棍子："你就不会也卖1分一碗！"一根细棍子就打过来。妹妹揪着妈妈的衣角哭喊："不打哥哥，不打哥哥，我要豆豆……"我折转身，抓了把豌豆给妹妹，背着背篼就跑。

卖豌豆只卖得两三角钱，我也不敢买大楷笔了。

回家的半路上，遇着四叔抱着妹妹边跑边说道：“你妹子掉到井里了……”我“呵”的一声，喊着妹妹的名字，不要命地跟着四叔往镇上跑。到了镇上，打了针，妹妹醒过来了，说：“哥哥，豆豆……”我抱着妹妹哭了起来。

路上，四叔说：“是你大伯伯救了你妹子。”

妈妈带着妹妹，在井边洗那盆衣服。妹妹要帮妈妈打水，也怕是自己想玩水，拖着水桶去打水。打水的木桶不怎么大，被水泡了，还是很重，又拴着七八丈长的绳子。我们村都是用木桶打水。竹篾箍成鼓形的木桶，高出来的两只“桶耳”，中间镶一根弓形横木，一只“桶耳”上拴挂了一块石头。木桶用绳索放到井里，拴挂了石头的一边，朝水里倾斜，桶往下一沉，算是告诉主人，“水灌满了，提吧！”主人就左右手交换着把水提上来。妹妹也想当水桶的主人。她拖着水桶到了井边，刚一放桶，“嘭”的一声，人、桶、绳子，全掉到井里了！妈妈一大声惊叫：“救人哪，快救人哪……”

这是一个闷热的安静的午后。我妈的叫喊，惊动了所有人。听四叔说，大伯伯正好牵着牛回来，向乱哄哄的人群吼道：“都站开点！”他像攀崖走壁一样下到井底，将妹妹捞起来，如果换一个没有经验的人，妹妹大概是没救了。

妈妈带着我和妹妹去谢恩的时候，大伯伯笑眯眯地看着妹妹，说神了神了，那么深的井，水桶摔散了，这娃娃居然皮都没擦着……

这以后，妈妈初一、十五上香的时候，我和妹妹都知道，有一炷是上给大伯伯的。

图书在版编目（CIP）数据

秋姑娘的请柬 / 吴然著 . —杭州 : 浙江教育出版社 , 2023.12

（语文教材选篇作家作品深度阅读系列 / 张明舟主编 . 吴然抒情美文）

ISBN 978-7-5722-5751-3

Ⅰ . ①秋… Ⅱ . ①吴… Ⅲ . ①散文集 — 中国 — 当代 Ⅳ . ① I267

中国国家版本馆 CIP 数据核字（2023）第 200111 号

责任编辑 寿临东　**责任校对** 陈德元
美术编辑 曾国兴　**责任印务** 曹雨辰
封面插画 宫雪艳　**内文插图** 汪　依
装帧设计 乐读文化

语文教材选篇作家作品深度阅读系列

吴然抒情美文　秋姑娘的请柬

WURAN SHUQING MEIWEN　QIUGUNIANG DE QINGJIAN

张明舟　主编　　吴　然　著

出版发行 浙江教育出版社
（杭州市天目山路 40 号　电话：0571-85170300-80928）
激光照排 杭州乐读文化创意有限公司
印　　刷 浙江新华印刷技术有限公司
开　　本 890mm × 1240mm　1/32
印　　张 4.125
字　　数 120 000
版　　次 2023 年 12 月第 1 版
印　　次 2023 年 12 月第 1 次印刷
标准书号 ISBN 978-7-5722-5751-3
定　　价 28.00 元